16	3	2	13
5	10	11	8
9	6	7	12
4	15	14	1

MARCELO MIRISOLA

A VIDA NÃO TEM CURA

editora■34

EDITORA 34

Editora 34 Ltda.
Rua Hungria, 592 Jardim Europa CEP 01455-000
São Paulo - SP Brasil Tel/Fax (11) 3811-6777 www.editora34.com.br

Copyright © Editora 34 Ltda., 2016
A vida não tem cura © Marcelo Mirisola, 2016

A FOTOCÓPIA DE QUALQUER FOLHA DESTE LIVRO É ILEGAL E CONFIGURA UMA
APROPRIAÇÃO INDEVIDA DOS DIREITOS INTELECTUAIS E PATRIMONIAIS DO AUTOR.

Capa, projeto gráfico e editoração eletrônica:
Bracher & Malta Produção Gráfica

Revisão:
Beatriz de Freitas Moreira

1ª Edição - 2016

CIP - Brasil. Catalogação-na-Fonte
(Sindicato Nacional dos Editores de Livros, RJ, Brasil)

Mirisola, Marcelo, 1966
M788v   A vida não tem cura / Marcelo Mirisola —
São Paulo: Editora 34, 2016 (1ª Edição).
88 p.

ISBN 978-85-7326-622-1

       1. Ficção brasileira. 2. Romance.
I. Título.

CDD - B869.3

*Se existe um céu para nós que somos animais,
por que não existiria um céu para os cães?*

Dedico este livro a Pretinha

PRÓLOGO

1988

Pretinha era uma vira-lata que adotou mamãe logo depois da morte do marceneiro. Ela morava nas ruas da Vila Prudente e, às vezes, dormia na casa da mamãe, que não ficava muito longe dos bares onde ela, Pretinha, vivia sua *vida loka* durante o dia. Tia Zeli era nossa "vizinha do quarteirão de baixo". Pretinha vivia nesse triângulo — rua, casa da minha mãe, tia Zeli no quarteirão de baixo.

Na noite de natal, resolvi dormir na casa da tia Zeli. Eram mais ou menos umas nove horas quando chamei Pretinha para me fazer companhia.

Como sempre, ela aceitou. No meio do caminho se embrenhou num terreno abandonado que ficava ao lado de um açougue. De lá trouxe a caveira de um focinho de porco. Tia Zeli e as visitas da casa do quarteirão de baixo comiam e bebiam na casa da mamãe, que eu chamava casa do quarteirão de cima, de modo que passei o que sobrou do natal na companhia de Pretinha e dos cachorros da casa do quarteirão de baixo. E de um céu forrado de estrelas.

Tinha um cachorro branco e gordo, que era o queridinho da tia Zeli, que não ia com a minha fuça e nem eu ia com a cara dele. E foi justamente ele, o Gordo, quem roubou a caveira de focinho de porco da Pretinha.

Eu havia me aboletado na cadeira de balanço da varanda. Olhava pro céu. Ao meu lado, Gordo debulhava o osso roubado. Aquilo me incomodou. Mais: incomodou a comunhão que eu supus ajambrar com um céu — que imaginava — forrado de estrelas. Peguei uma vassoura e fui pra cima do Gordo, ele não desgrudava do osso e me deu uma rosnada que dizia mais ou menos o seguinte: vou roer seu focinho caso você se aproxime outra vez. Entendi. Eu tinha um céu repleto de estrelas, meus 15 anos e aquele cachorro escroto para dividir a noite de natal.

Uma ou duas semanas depois, conheci Natasha. Hoje, me lembro da caveira do focinho de porco, do céu estrelado que, na verdade, era breu, do Gordo rosnando pra mim e de Natasha adolescente, tudo misturado. Às vezes consigo incluir Pretinha nessa barafunda. Às vezes não. Quase sempre não consigo me lembrar de nada. Talvez Pretinha tenha sido minha única companhia naquela noite, logo ela, Pretinha, que some no meio das lembranças do Gordo debulhando o osso e rosnando pra mim.

1

— Hoje é dia de levar a Clarinha na dentista, não esquece!

Acho que a pior fatalidade de todas é aquela que pode ser remediada. Uma vida que se vive na base da omissão e do rabo abanado é o maior exemplo disso.

Desde que conheci Natasha vivia assim. Omisso e de rabo abanado. Vivia em função das mentiras e das perversões dela — ah, e como eu gostava da vida que levava ao lado de Natasha. A vida que não tem cura, nem que a gente acabe com ela. Nem que a gente se case, faça planos, tenha amigos maravilhosos e inteligentes, e uma linda filha, uma garota chamada Maria Clara, Clarinha.

— Ela é *minha* filha, eu sou a mãe dela, entende?

Como se Clarinha justificasse toda mentira, e não fosse resultado dessa mentira. Como se ela não fosse filha do nosso amor equivocado, mas amor, como se Clarinha fosse filha somente de Natasha, filha da adúltera, filha da puta.

A vida não tem o alto valor que lhe atribuímos. Nem o amor. Apenas nos dizem algo, vida e amor, quando estamos vivos e doentes. Ou seja: o tempo todo; agora, por exemplo, quando vejo a foto de Clarinha e constato que a perdi, constato igualmente que essa perda fez apenas e tão somente aumentar a falta que sinto da mãe dela, ora, se é assim com uma singela foto, imaginem com as lembranças e as felicidades que giram no entorno.

O mundo girava em torno de uma doença que, até hoje, atende pelo nome de Natasha.

Não cogito em procurar a cura (substituí-las ou inventar outras Clarinhas e Natashas), isso poderia representar um sério risco para minha saúde mental, que já não é grande coisa. De modo que viver sem elas significa sobretudo estar doente. Natasha me jogou para os cães. Daí que para não ser definitivamente desossado e debulhado por eles, só me resta amar Natasha e Clarinha, e olhar as fotos das duas sorrindo para mim.

* * *

Era dia da dentista.

— O endereço está anotado na agenda. Não vai esquecer! Tchau!

Eu cuidava da Clarinha e dava aulas particulares de matemática. Natasha ia fazer 16 anos quando nos conhecemos, eu havia acabado de completar 15. Éramos duas crianças. Ela sempre trabalhou. Teve que se virar, e nunca pediu "favor a ninguém" — esse era o cartão de visitas, a saudação de Natasha: *não preciso de ninguém*.

Clarinha nasceu em 2003.

Em 1999 morávamos na Vila Prudente, no sobradinho anexo à casa da mamãe — que chorava o tempo todo, e vivia com seus reumatismos, infecções urinárias, início de Parkinson, diabetes e outras mil doenças — e, como todos, não só gostava como admirava muito Natasha. Eu sempre fui corno.

Natasha me pediu, e eu jurei que nunca iria abandoná-la:

— Jura, jura que você nunca vai me deixar?

Esqueci de perguntar se ela também não me largaria, mas eu jurei. Foi nesse dia que compramos os All Star vermelhos — eram nossas alianças. Aí ela começou a se destacar na profissão. Virou uma espécie de supersíndica. Natasha sempre teve muita facilidade para lidar com as pessoas e com os números; eu apenas sabia lidar com os números de uma maneira mais modesta e, secretamente, planejava prestar vestibular para letras no final daquele ano, 2001. Enquanto isso me virava dando aulas de matemática delivery.

Natasha sempre foi austera, quase militar com as obrigações profissionais que assumia. Orgulhava-se dos elogios e do reconhecimento que obtinha dos seus superiores; mais do que orgulhar-se, "dividia" seus progressos comigo. No começo fazia isso por se espantar com seu potencial de realização recém-descoberto. Depois falava dos seus feitos por obrigação, e depois por enfado. Eu vibrava indistintamente — por mim e por ela.

Mas nunca, nem quando seus espantos eram legítimos, ela se animou muito com minha reação, da mesma forma que — imagino — não dava bola pros seus subordinados e os tratava como me tratava, com mão de ferro. Não obstante, conseguia ser simpática. Uma simpatia na medida certa da dissimulação; no fundo gostava mais dos elogios e do reconhecimento do que do trabalho propriamente dito. Natasha desdenhava o próprio talento. Um talento para lidar com planilhas e contabilidade, e assim ela "progredia" na carreira: "ou você acha que vou terminar meus dias ensinando filhinho de papai a fazer equação do segundo grau?".

O sonho de Natasha era abrir uma franquia da Cacau Show.

Eu não tinha absolutamente nada contra meus alunos, e nada contra os sonhos de Natasha, até achava a ideia da Cacau Show simpática. Fazia minha parte. E levava Clarinha pra dentista, pra escola, pras festinhas, pra onde Natasha mandava; confesso, gostava dessa função pela felicidade desfrutada na companhia de Clarinha, da mesma forma que desfrutava de um certo contentamento — não nego — em "ensinar equação do segundo grau pra filhinho de papai".

— Um manso, você é um manso, Gui.

Eu quem escolhia as fantasias da Clarinha pros Halloweens, levava na dentista, esperava na porta da escola. Era o pai mais feliz do mundo. Ok, não me importava que Natasha chamasse meus alunos de "filhinhos de papai", mesmo sabendo que ela os "diminuía" para me ofender e que a ofensa terminava no mesmo lugar onde começava: em mim. Mas chamar mamãe de velha doente ultrapassava todas as ofensas e humilhações. No fundo, era uma estratégia imunda usada por Natasha para me tirar — como ela dizia — da "zona de conforto". Mamãe chorava.

— Não vai se mexer, professorzinho?

No começo, ela fazia essa maldade pelas costas. Depois que a coisa degringolou, passou a chamar mamãe de "velha doente pelancuda" na presença de Clarinha, que repetia feito um papagaio: "Velha doente! Pelancuda! Velha doente! Pelancuda!". Até que, sem qualquer cerimônia, ofendia mamãe na minha presença. Ostensivamente. Eu não reagia. Mamãe chorava.

* * *

O show do Legião-cover foi demais. Achei que podíamos voltar a ser aquilo que éramos há dez anos. Foi com Natasha que fumei meu primeiro baseado e perdi a virgindade. Foi comigo que ela fumou o primeiro baseado e perdeu a virgindade. Só que eu sempre fui corno. O corno do All Star vermelho.

* * *

Natasha está saindo com a gerente de vendas, ela me conta tudo. Uma mulher de 46 anos. Foi comigo que Natasha descobriu a bissexualidade. Foi com ela que descobri a bissexualidade. Até semana passada, eu não conseguia pronunciar — sequer pensar — em algumas palavras que desde sempre me pareceram muito antigas — "amante", "traição", "adultério" —, palavras que não combinavam comigo, e jamais combinariam com o amor que sentia por Natasha. "Corno."

Preferia acreditar que nosso casamento estava acima disso. Que Natasha se divertia com uma pessoa mais velha, e que o fato de essa mulher ser bem mais velha que a gente apenas queria dizer que Natasha sabia separar as coisas. Eu acreditava, sinceramente, que ela merecia se distrair das chatices do emprego e das responsabilidades do dia a dia:

— Ela tem 46, mas se cuida... diferente da sua mãe, Gui.

Sempre fui corno. E, como ela curtia a galera da nossa idade também, pensei que a nossa bissexualidade não pudesse ser maior que o nosso amor, e que Natasha jamais incluiria Clarinha nessa equação. Eu dou aulas de reforço para adolescentes, eles têm mais ou menos a mesma idade que eu tinha quando conheci Natasha. Natasha, quando pode, é a melhor mãe do mundo. Hoje não deu pra levar Clarinha à dentista.

— Porra! Nem pra levar Clarinha na dentista?

Nos últimos meses, antes da merda toda, a intolerância não dava trégua. Natasha até longe de mim se irritava com minha presença. Acho uma injustiça. Antes mesmo de perguntar "por quê?" ela me esculhambava. Nunca aconteceu desse jeito. Ela disse que eu merecia ser corno mesmo.

Bati em Natasha.

* * *

Talvez "o soco" tenha nascido no show do Legião-cover quando eu e ela beijamos o negro lindo que elogiou nossa tatuagem. O ponto de interrogação dentro do código de barras, a mesma tatuagem no meu pulso e no pulso de Natasha — fizemos lá em Ubatuba.

Ela nem deixou eu explicar que foi a própria dentista quem desmarcou a consulta. Não foi bem um "soco". Aí ela me disse que não ia à delegacia porque tinha pena de mim. Que a minha mãe, além de ser uma velha escrota cheia de pelancas, foi corna a vida inteira, e que com ela as coisas seriam diferentes: "Já me antecipei, professorzinho delivery, corno".

Ela fez questão de dizer, na frente da mamãe, que estava saindo com a gerente de vendas, e com o supervisor de almoxarifado, e com o motoboy, e com qualquer coisa que aparecesse na frente dela que fosse diferente de um professorzinho de matemática delivery. Ela me chamou de professorzinho delivery umas três vezes seguidas, cada vez com mais deboche e escárnio.

Aí eu joguei um livro na cabeça dela.

— Não vai bater? Bate que eu gosto!

Peguei Clarinha e a levei para dar uma volta no shopping.

2

Ela me conta tudo. Mas agora não é mais por amor, sei lá, acho que é por vingança. Uma vingança que começa comigo, trespassa mamãe e se estende pro mundo inteiro. Até da Clarinha ela se vinga porque sou o pai da menina. Eu não aprendi a me vingar, como ela não.

Às vezes tenho pena da gerente de vendas. Vai que a mulher, apesar da experiência, se apaixona de verdade por Natasha?

Numa idade dessas, 46, acho que não aguentaria o repuxo. Coitada. Luigi, o negro lindo que a gente conheceu no show do Legião-cover, e que se tornaria uma das pessoas mais especiais que passaram por minha vida, foi visto na cracolândia. O tatuador também dançou — vários exs, todos arruinados. Natasha tinha o poder de pairar acima dos amantes, como se fosse um urubu sobrevoando a carniça produzida por ela mesma, como se ela não fosse a causadora do estrago. Como se nada tivesse acontecido.

Atrás de Natasha existe um exército de afogados. Amor de afogamento, taí: é a especialidade dela — eu sei bem como é.

Natasha é o tipo da mulher eficaz e objetiva, o Deus dela é a geladeira cheia. Ela faz qualquer coisa pra dar o melhor dos mundos pra Clarinha, e, quando ama, Natasha é — ou se faz passar por — uma das mulheres mais carentes e afetuosas do mundo.

Ela se aninha e se enrosca feito uma criança no corpo dos amantes. Com seu metro e sessenta foi capaz de envolver Luigi e me envolver em seus tentáculos: os dois de uma vez, uma mistura de polvo com sucuri. Natasha faz isso como se fosse uma criança. Como se fosse carente. Como se não tivesse a força que tem para triturar as pessoas que se deixam levar por sua aparente fragilidade de metro e sessenta:

— Beija, beija o negro.

Quando nos demos conta, eu e Luigi, estávamos lá, os dois, nos beijando — ela ria e se masturbava ao mesmo tempo. Imagino que somente uma mulher muito doente — mais doente do que eu (que tinha o agravante do amor) —, somente uma criatura *muito doente* seria capaz disso. Depois do beijo, ela conseguiu que eu e Luigi ficássemos de quatro, sob o jugo dela. Para logo em seguida nos ordenhar.

Nunca gozei tanto na vida.

* * *

Clarinha é mais do que uma filha, é um objetivo na vida de Natasha. A menina é quase uma geladeira cheia. "Minha filha não vai casar com um professorzinho delivery. Não vai precisar acordar cedo. Clarinha nunca vai andar de van. Será que você entendeu?"

Ela sabia que eu não tinha exatamente "batido" nela, e usava meu descontrole como chantagem, e se excitava com isso:

— Você não foi homem pra bater em mim? Agora bate no negro, bate com força, seu frouxo, enche o focinho desse negro de porrada, quero ver se você é homem.

Não consegui. Mas Luigi me acertou uma porrada na boca, só porque ela mandou. Depois ele limpou o sangue dos meus lábios com um beijo.

3

No começo eu fazia qualquer coisa, mesmo a contragosto, para servir aos fetiches de Natasha. Depois passei a gostar. Mas aí, em vez de Natasha desfrutar da situação que ela mesma criava, usava aquilo contra mim — contra nosso casamento. Na lógica de Natasha, talvez, eu não devesse cair em suas armadilhas. Eu me entregava, sim. Porque a amava. Ela devia avaliar a entrega, o empenho e o meu amor como testemunhos de minha fraqueza moral. Claro que eu curtia as maluquices dela, mas havia também aquela história (pelo menos eu acreditava nisso) de não repetirmos os erros de nossos pais. Para mim, era uma postura política. Eu faria qualquer coisa para não ser violento. Até mesmo deixar Luigi ser violento comigo — quando ela assim o exigia. Porque talvez Luigi tenha sido o cara mais amável e carinhoso que conheci em toda a minha vida. Natasha acabou com ele.

4

Ontem enfiei nosso Corsa num muro e acordei no hospital — ao meu lado, segurando minhas mãos, Natasha. Choramos juntos, voltamos aos nossos 16 anos. Naquela época, eu não era um gordo inchado. Hoje sou um alcoólatra. Faz dez anos em novembro. Quando ela engravidou da Clarinha fizemos uma dieta juntos, ela parou de fumar e eu dizia pros meus amigos e pro mundo todo "estamos grávidos", eu e ela éramos feitos imagem e semelhança, parecidos até fisicamente. Quando Clarinha nasceu compramos um All Starzinho vermelho, uma graça.

Natasha não só adivinhava meus pensamentos como antecipava o que eu iria pensar em seguida, e vice-versa. Era mais do que telepatia. Não precisávamos nem pedir as coisas um pro outro, a ação vinha antes.

Nossa tatuagem, por exemplo. O código de barras e a interrogação lá dentro. A gente não sabia o que ia tatuar. Estávamos inseguros, mas quando vimos o desenho no catálogo do tatuador, falamos ao mesmo tempo: "Será?".

Só que no catálogo não tinha nenhuma interrogação, apenas o código de barras. Um amor que ultrapassava as certezas, a gente se amava até nas dúvidas. Aí a interrogação brotou como se fosse uma confirmação do nosso amor.

Naquele mesmo dia saímos com o tatuador: iniciativa de Natasha — ela quem seduziu o cara, ela que contava dois meses de gravidez.

Isso foi em janeiro. Ao longo do ano voltamos três vezes a Ubatuba. Aos quatro, seis e oito meses de gravidez. Eu fazia questão de usar o plural: gravidezes. Da última vez, Giggio tatuou aqueles bonequinhos família-feliz que as pessoas costumam usar no porta-malas dos Corsas, um bonequinho de uma menina segurando as mãos dos pais-bonequinhos, tatuou no alto da nuca de Natasha. O balão que a criança segurava — foi tão lindo! — era ele, Giggio, que acabou não cobrando nada da gente. E voou.

— Acho que ele tá apaixonado por você, Natz. "Será?" — pensamos e rimos juntos.

5

Nem que a gente acabe com ela. A vida não tem cura. Têm uns que passam anos correndo sobre uma esteira na frente do espelho, outros jogam tênis e surfam, outros chupam travestis e levam seus poodles para passear no Parque da Água Branca. Eu amava Natasha. Só amei Natasha.

6

Preciso explicar o que é ordenhar.

A mulher enfia dois dedos cruzados no cu do vacão e, ao mesmo tempo, toca uma punheta pra ele. A melhor posição pra ordenha é de quatro. Não sei como ela conseguiu me ordenhar e ordenhar Luigi ao mesmo tempo. Só sei que nessa condição — de quatro —, talvez pela força da gravidade ou pelo estímulo simultâneo e duplo na próstata e no freio da pica, que é puxado com mais violência, ou talvez pela subversão do ato em si, sei lá... o que sei é que o vacão goza feito um louco. Foi o que aconteceu comigo.

Depois vim a saber que não era um "privilégio" meu. Que é comum nessas circunstâncias. Uma quantidade exagerada de esperma espirra do sujeito, daí o nome "ordenha".

Eu e Luigi gozamos praticamente no mesmo instante. Parece que Natasha tinha nossos orgasmos sob controle. Ainda não havíamos nos prostrado completamente depois do gozo, ela aproveitou nosso cansaço/perplexidade e deu um pontapé na minha bunda e outro na bunda do "negro" (agora éramos o "professorzinho" e o "negro"). Depois passou por cima — como naquela brincadeira do cavalete. Diante dos dois estatelados, a baixinha de metro e sessenta parecia uma giganta, agora sim estávamos prostrados de tesão e cansaço. Muito esperma no chão de taco batido. Evidentemente ela fez aquilo que não era o mais óbvio: misturou nossos espermas com seus lindos pezinhos, e disse:

— Porra de preto, porra de branco. Viva o Brasil!

Em seguida fez a gente lamber a porra misturada do taco. Para ela ainda era pouco. Queria mais:

— Beija o negro. Na boca!

Aí começamos tudo outra vez. Foi lindo.

7

Natasha virou paisagem na memória. Que também não é mais memória: a minha pelo menos se transformou num arquivo poeirento largado às traças de uma melancolia que não interessa a ninguém.

Metade do meu corpo foi junto. Integridade idem. Fica difícil tentar convencer os outros e/ou justificar-se quando você é o agressor. Nem você acredita em si mesmo. Foi o que aconteceu comigo, além de não me reconhecer me desconhecia — o que é algo mais bizarro. Só eu sei quantos socos foram dados contra a parede, quantas latas de lixo foram chutadas na rua, o quanto eu não me reconhecia nos gritos de desespero e até mesmo no meu tom de voz. Natasha mudou minha personalidade. Eu jamais poderia imaginar que o garoto que se reunia com os amigos em volta de uma fogueira para tocar violão e celebrar Renato Russo iria — em poucos anos — se transformar no bêbado que enfiou o Corsa no poste ouvindo Raimundos depois de dar a bunda pra dois travecos na Avenida do Estado. Bem feito, pensava, eu merecia. Ela sempre esteve certa: professorzinho de matemática delivery. Inútil.

Do meu jeito, apesar da minha aparente falta de iniciativa, fiz o impossível para tentar não chegar onde cheguei.

Eu tentava resistir. Natasha me humilhava diariamente, e a tática dela era (e sempre foi), na prática e no dia a dia mais prosaico, inverter as coisas.

Ela me transformou no opressor. Amaldiçoava a casa onde moravámos, segundo ela, "de favor". Me acusava de humilhá-la por obrigá-la a morar na "casa da velha". A velha, minha mãe. No começo — já disse — ela se referia "à velha" pelas costas. Depois fazia questão de chamar mamãe de velha na cara da velha, pelas costas, pra todo mundo saber e ouvir, pro mundo todo.

— A velha devia pagar p'reu e pra minha filha morarmos nesse moquifo.

* * *

Algumas semanas se passaram desde a ordenha até o dia que enfiei o Corsa no poste depois de pegar as travestis na Avenida do Estado.

Como eu dizia, quando acordei, as três, Natasha, Clarinha e mamãe, rodeavam meu leito. Teria valido a pena — doía até para pensar — e eu pensava comigo mesmo, ter fraturado meia dúzia de ossos pra ter minha família de volta. Pra ter Natasha segurando minhas mãos depois de tanto tempo. Era como se um mundo perdido viesse ao meu encontro. Ela até chorou. Esse mundo se resumia ao amor daquelas mulheres. Não precisava de mais nada. Eu estava entorpecido como sempre, mas dessa vez feliz.

Os dias foram passando. As três sempre ao redor da minha cama. Eu não sabia exatamente o que havia acontecido no "acidente" que, na verdade — depois Natasha escancarava o fato para me humilhar mais ainda — não foi exatamente um "acidente". Mas uma tentativa de suicídio fracassada: "Nem pra isso você prestou".

Só depois fui informado que sofri traumatismo craniano, e que havia perdido temporariamente a sensibilidade dos membros inferiores.

Natz nunca mais segurou nas minhas mãos. Um dia, mesmo dopado, consegui ouvir algumas palavras. Natasha reprendia Clarinha e, ao mesmo tempo, falava com mamãe: "não mexe, Clarinha/ plano de saúde". Lembro disso. Lembro de ter conseguido distinguir essas frases meio desconexas, "não mexe, Clarinha/ plano de saúde", mas que se imbricavam. Feito a interseção entre dois conjuntos que eu ensinava pros meus alunos. Engraçado como, na minha cabeça de professor de matemática, as imagens e os sons se transformavam em regrinhas de três e gráficos quase perfeitos. Visivelmente eram símbolos que eu tentava processar no lugar da felicidade que sentia por saber que Natasha, mamãe e Clarinha cuidavam de mim. Eu estava todo estourado. Corria o risco de ficar paraplégico, tive um pulmão perfurado e quase perco o baço, coágulos se formaram no meu cérebro devido ao traumatismo craniano. Mas as mulheres da minha vida cuidavam de mim. Há muito tempo não me sentia tão feliz. Talvez tenham sido meus últimos dias de felicidade e entorpecimento. Depois foi só entorpecimento.

As três continuavam ao meu redor. Como se não tivessem saído de lá. Até que consegui separar a fantasia da realidade:

— Se eu não tivesse feito a caridade de pagar o plano... o inútil do seu filho teria sido enterrado como indigente, porque eu não reconheço esse imprestável nem como homem nem como pai da minha filha. A única coisa que eu sei é que ele saiu desse seu bucho velho, que você o pariu. Ou você acha que eu tenho a obrigação de esquecer da minha vida para cuidar da vida dele? Clarinha! Eu já disse pra você não mexer nessa merda de soro!

Natasha nunca havia chamado mamãe de "você". Mamãe chorava. Clarinha chorava.

8

A maior parte do tempo mamãe continuava chorando. Eu quase não via Natasha. Ela não dormia mais em casa. Porém os livros e CDs, algumas bijuterias e objetos de uso pessoal, os ingressos dos shows do Legião-cover, nossas fotos e os três pares de All Star vermelhos, o meu, de Natasha e da Clarinha bebê, continuavam lá. Clarinha ia pra escola e voltava direto pra frente da televisão, onde passava o resto do dia. Eu havia perdido o movimento das pernas mas não havia — segundo o médico — ficado paraplégico. Um milagre, dizia mamãe. Em poucos meses voltaria a andar e me recuperaria do trauma da batida que destruiu o Corsa — que não tinha seguro.

Embora ficasse profundamente incomodado, não fazia muita questão de entender qual o rumo que a vida de Natasha havia tomado. Mamãe, apesar de doente, cuidava de mim e de Clarinha, e, nos intervalos de suas crises de choro — sempre muito envergonhada —, resmungava alguma coisa sobre "aquelas mulheres".

Natasha foi morar com a gerente de vendas. No sábado pegava Clarinha, às vezes ela devolvia a menina no dia seguinte. Às vezes trazia a menina na terça ou quarta-feira e não aparecia no outro fim de semana. Entre uma crise de choro de mamãe e as notícias que Clarinha trazia da casa da "tia Fê", não era difícil entender o que se passava. Eu me resignei? Não sei se a palavra é essa. Perdi. Talvez não exista palavra mais apropriada, "perdi". Perdi tudo, menos Clarinha na frente da tevê e mamãe chorando o dia inteiro.

* * *

Tinha fisioterapia marcada duas vezes por semana. Nos primeiros meses era impossível ir sozinho; mamãe me acompanhava. Com o passar do tempo consegui, com muito esforço, pegar a van, o metrô, e só depois chegar aos trancos e barrancos às sessões de fisioterapia. Entre uma sessão e outra, minha sala de espera era o bar da Vera — que ficava a duas quadras do hospital.

Enchia a cara e remoía nosso amor às vezes com pinga e gengibre, às vezes com vermute, limão e Campari. Depois passei a remoer com Dreher. Só com Dreher. Até que a direção do hospital me deu um ultimato. Ou bar ou fisioterapia.

* * *

Mamãe, coitada, gastava quase toda a sua aposentadoria para me dar o dinheiro da passagem de ida e volta, mais dois lanches. A fisioterapia era meu álibi. Abandonei o tratamento. Nessa época ensaiei — involuntariamente — uma heterossexualidade radical, uma macheza de boteco que jamais poderia ultrapassar os limites dos porres que eu tomava, pois já era tarde demais. Tarde demais até para ser um hétero escondido no armário, digo, no bar. Se assumi alguma coisa pela primeira vez na vida, foi minha condição de impotente.

9

Ela ainda era uma adolescente, havia recém-completado 17 anos quando mudamos pro sobrado anexo à casa onde mamãe morava. Mamãe desalugou o sobrado para nos abrigar, abriu mão de ganhar um dinheirinho de aluguel porque ficou morrendo de pena de Natasha, que no dia do meu aniversário perdeu o pai, vítima de um assalto violento.

"Ele reagiu, diferente de você" — era o mantra de Natasha. A mãe dela teve um AVC e morreu dois meses depois. Eu tinha um ano a menos. Natasha era filha única e a garota mais linda e mais desamparada da Vila Prudente, éramos vizinhos e passávamos os dias tirando as músicas do Renato Russo no violão.

Desde os 15, 16 anos já sabíamos que não repetiríamos o padrão que deu errado com os pais de Natasha e com meus pais. Para ela, o pai havia morrido somente porque reproduziu a ignorância que vivia dentro de casa. Batia na mãe seguidamente, e manipulava a filha como se fosse uma boneca, a boneca Natasha. "A cara dele reagir ao assalto, bem feito".

Contradição? Na cabeça de Natasha, não.

Talvez, na cabeça doentia da filha do troglodita que morreu reagindo a um assalto, somente os mortos pudessem reagir.

Eu dava um desconto porque entendia que a forma como Natasha tratava do assunto era uma maneira de se defender do inferno onde foi jogada pelo destino. Talvez "concordasse" com ela porque, na maior parte do tempo, ficava quieto, não especulava e não a contrariava quando o assunto vinha à tona — quase todos os dias.

Somente uma vez tentei — com o intuito de aliviar o sofrimento de Natasha — aproximar a morte violenta do pai dela com a cirrose que matou meu pai. Incauto, ainda fui fazer um link com o AVC fatal que levou a mãe na sequência. Ela deu de ombros, como se desqualificasse a perda do meu pai, "cacheiro, machista e ignorante".

O que eu podia fazer? Impossível competir com a desgraça que se abateu na vida de Natasha, e assim consentia com a lógica de sobrevivência que ela criou baseada na vingança que, afinal de contas, é o que dava forças pr'ela encarar o dia a dia e prosseguir ao meu lado — logo ao meu lado, que não reagia a nada.

Não sei se essa é a explicação para a natureza implacável de Natasha dali pra frente. Eu virei o pai morto que morreu reagindo a um assalto, "bem feito", pra sacanear a mãe submissa, "bem feito", e me transformei na mãe submissa, "bem feito também", que igualmente se foi sem jamais ter reagido a nada na vida. E virei o marido dela. Tinha 16 anos de idade, todos os CDs do Legião Urbana, uma calça velha e um All Star vermelho.

* * *

Não bastasse ter acontecido essa desgraceira, éramos órfãos da calamidade que foram os anos 90. Eu e ela. Um casal de adolescentes esgotados que descobria um mundo muito mais esgotado e talvez até mais decadente que nosso casamento. O mesmo esgotamento que se abateu em todos os nossos amigos e amigas, antes mesmo de nos tornarmos adultos e repetirmos exatamente todos os erros de nossos pais somados aos nossos próprios erros, e fracassos.

Renato Russo era nosso santo, ídolo-cover, herói-cover, nosso mártir do All Star vermelho importado da China.

Eu jamais me imaginei como meu pai. Provedor, marceneiro, violento. Não combinava comigo, não combinava com a Natasha que conheci nas férias de Ubatuba em 1998. Não combinava com nossa felicidade ao redor das fogueiras naquele final dos anos 90. Isso aconteceu algum tempo depois de Kurt Cobain ter se suicidado e um pouco antes da Natz engravidar da Clarinha.

10

Renato Russo dependurado na parede do quarto.

Tô vendo Natasha pregar o cartaz. "Aqui tá bem, Bolo-lô?" Naquela época eu não era o "professorzinho delivery", ela me chamava de "Bololô". "Tá ótimo, Natz." Bololô de merda. Natz dos meus pesadelos. Renato Russo continua no mesmo lugar. Hoje, ele não sabe o que dizer pro bêbado semi-aleijado que chora toda vez que olha pro cartaz e o vê desejando falar a língua dos anjos. Depois de todo esse tempo... é como se tivessem sobrado apenas os fantasmas de um menino e de uma menina, quando eu e Natasha tínhamos um ao outro e o vírus da AIDS ainda não havia acabado com a vida daquele homem que — acreditávamos — falava a língua dos anjos.

A língua dos anjos — para mim — se bifurcava. Renato Russo e Natasha. Era o que me bastava. Desde o nosso primeiro beijo em Ubatuba. A primeira língua que beijei. Acreditava que os beijos das outras pessoas eram iguais aos beijos de Natasha, que só havia a possibilidade de entabular uma conversa naquele idioma.

Até beijar Luigi (que Natasha fazia questão de chamar de "negro") no show do Legião-cover. Como se Natasha, sem saber, estivesse me traindo ao incentivar aquele beijo, e não o contrário, como se ela me dissesse: "eu nunca beijei você". Somente hoje, depois de tudo e entornando um litro de Dreher quase todo dia, é que consegui pensar nisso. De fato, o beijo de Natasha não correspondia exatamente à pureza e ao amor que, tolo, acreditei que sentíamos um pelo outro.

Ela sempre exigiu performances. Naquela época eu jamais teria condição de saber disso, nem eu, nem ela — quero acreditar. O beijo de Luigi, ao contrário, não tinha a pressa, a "geladeira cheia" e a angústia do beijo de Natasha. Talvez seja idealização e uma espécie de defesa tardia da minha parte, mas é como se ela beijasse como homem, e ele, Luigi, como mulher. Com ela, eu era apenas o assistente.

A mesma coisa valia pro sexo. Nos primeiros anos de casamento, eu não tinha condições de "defender" minha passividade e a falta de "pegada", ou seja, meu jeito de fazer sexo que Luigi — coitado, Natasha o destruiu — tão bem soube compreender.

Eu e Natasha chegamos a uma encruzilhada: a qualidade do seu orgasmo e o desempenho para se chegar a esse monstro ou o improviso e o amor sem pegada que sinto por você? O que você prefere, Natasha?

Ela preferiu ficar com Clarinha.

Nosso casamento acabou quando Clarinha nasceu. Pode parecer machismo da minha parte, mas, apesar da má vontade e do desinteresse crescente de Natasha, eu conseguia sustentar uma ereção e "cumprir a minha parte" — igualzinho meu pai marceneiro. "É quase o mínimo, né?"

Isso virou uma constante. Toda vez depois do sexo, ela dizia "é quase o mínimo, né?". Não sossegava enquanto não fazia eu lamber meu próprio gozo dentro de suas vísceras angustiadas. Porque ela precisava gozar. Porque nunca tivemos um sexo parecido. Porque a língua dela funcionava no diapasão de uma serpente e a minha procurava um anjo. Talvez eu acreditasse no nosso sexo, o que é diferente de desfrutar do sexo. Não bastasse essa confusão (misturar amor com sexo), ela me fez acreditar que eu era um machista que só pensava em mim. Um egoísta. E eu acreditei nisso. Quem não acreditaria?

"Quem um dia irá dizer que existe razão nas coisas feitas pelo coração?"

Eu, Eduardo, e ela, Mônica? Feito qualquer imitação, muito piorados.

Somente um macho egoísta se atreveria a trepar, virar pro lado e dormir. Eu tinha que chupá-la e sorver meu gozo a quente dentro dela, até ela gozar. Antes disso, diferentemente do meu pai marceneiro, não podia dormir. Com o tempo peguei asco do cheiro, do corpo e do cu que ela também me obrigava a chupar — "se não come, chupa".

Mantra número 1 — "Ele reagiu, diferente de você"

Mantra número 2 — "É quase o mínimo, né?"

"Se não come, chupa" era o mantra número 3 — seguido da proverbial humilhação: "porque ter um homem dentro de casa para comer o rabo da esposa, ah, isso eu não vou ter nunca".

* * *

Ao mesmo tempo que repudiava o corpo de Natasha, sucumbia à sua autoridade. A baixinha de metro e sessenta cresceu em todos os sentidos. O dinheiro que eu ganhava dando aulas particulares quase sempre era insuficiente, pior nas férias quando os alunos sumiam. Ela foi promovida no emprego, eu queria acreditar que era por sua competência, e não por ser "amante" da chefe (me sentia pessimamente fazendo essa avaliação, outra vez o machista escroto...), então voltava à estaca zero, e não reagia. Assim dava subsídios para ela que, cada vez mais, mesmo ausente, tinha a mim, a Clarinha e mamãe sob controle. Tratava todos como crianças.

Na época das férias escolares, desempregado, eu virava a babá e o irmãzinho da Clara, passava os dias cuidando da menina enquanto Natasha saía de casa às seis da manhã e voltava às nove, às vezes às dez da noite, às vezes só no dia seguinte. Ninguém se atrevia a cobrá-la. Uma vez perguntei onde havia passado a noite e ela respondeu: "Não esquece de me avisar qual vai ser o dia da reunião de pais na escolinha, eu quero ir". E conversa encerrada.

11

Enfiei o Corsa no poste como se penetrasse nela. Ou melhor, como nunca a penetrei. Ela dizia que eu não tinha pegada. Enfiei o carro no poste como se estivesse sendo guiado por Natasha. Exatamente como ela me conduzia no sexo oral: "você não presta nem pra chupar uma buceta". E isso tudo se transformava em admiração! Uma admiração doentia que ela incentivava, que servia para reforçar seu comando cada vez mais.

Muito embora nosso casamento já tivesse acabado, e ela não escondesse mais os amantes e as amantes, apesar disso tudo, Natasha ainda controlava não somente o nosso sexo, mas a nossa vida, e tínha ciúmes de mim.

Um ciúme doentio que, além da chantagem, no final das contas, era mais um item no cardápio das humilhações. Ela invadiu meu e-mail e invadiu minha conta no Facebook, apagou todas as conversas que julgou comprometedoras, e deixou um "recadinho" para cada amiga ou amigo que eventualmente pudesse, segundo ela, estar tendo um caso comigo. Foi aí que Luigi rodou. Não que ela tivesse "invadido" minhas contas. Melhor explicar. Eu que fui... como é que eu posso dizer? Bem, eu que fui forçado a dar as senhas, fui chantageado.

Ou eu dava as senhas ou nunca mais iria ver Clarinha, ela me ameaçou com a "segurança interna impecável" do prédio onde vivia com a gerente de vendas. Natasha sabia humilhar. Eu nunca tive um caso fora do casamento. Não sem autorização dela.

Luigi era o fetiche da Natz. O "negro" dela. Divulgar nossas fotos que ela mesmo tirou, a minha evidentemente borrada porque eu ainda era seu refém, e a dele escancarada porque tinha ciúmes de uma situação que ela mesmo havia criado, espalhar as fotos de Luigi num motel temático dentro de uma jaula enfiando uma banana no rabo, logo ele que estudava direito e militava pela causa negra, foi uma das coisas mais baixas que testemunhei na vida. Acabou, acabou com a carreira, e com a vida dele.

— Isso não é nada, só pra você se ligar, professorzinho.

Eu não era meu pai marceneiro e não era o pai de Natasha que morreu porque reagiu violentamente a um assalto. Eu nunca reagi a absolutamente nada na vida. Nunca tive nada senão Natasha e Clarinha para pedir desculpas, e jurar que, um dia, tomaria uma atitude: "ou você se mexe, ou reage e toma uma atitude, ou...".

Perdi os poucos amigos por conta das intimidações e ameaças de Natasha. Quanto mais as pessoas sumiam mais ela crescia; sua presença só fazia aumentar, apesar de ela passar a maior parte do tempo fora de casa. A cada amigo ou amiga excluída(o) ela atribuía uma traição minha. Invertia as coisas diabolicamente, de modo que me cobrava pelas suas próprias traições. Só que, ao contrário da peça de Nelson Rodrigues, ela me culpava implacavelmente por me trair. Não tinha perdão no jogo que Natasha inventou para me dominar e ganhar sempre.

A cada tentativa de me defender ou cada vez que eu criava álibis desnecessários (porque ela destruiu minha libido, eu não conseguia nem me masturbar... como é que podia traí-la?), ela aumentava ainda mais a perseguição, e me "pegava" em contradições que, na verdade, eram reflexo das traições dela. Eu não tinha como me defender. Ela sabia que eu ia me atrapalhar todo, que eu não conseguiria explicar o inexplicável, que ela era muito mais inteligente, que nunca deixei de ser aquele adolescente idiota que adorava nossos tênis vermelhos e insistia em — ainda — ouvir a língua dos anjos. Problema é que anjo não tem língua bifurcada.

Assim ela se justicava, assim obtinha a consciência leve e o álibi para si mesma, assim me traía. Ela havia me encurralado.

Preciso explicar a história do soco.

12

Naquela época o álcool ainda não havia me transformado num ex-professor de matemática delivery que mal sabia com qual das duas pernas mancaria primeiro, faz tão pouco tempo, meu Deus!

Parece incrível dizer isso: não faz nem dez anos, eu andava com minhas próprias pernas, estava "grávido" da Clarinha e ia pra casa dos meus alunos feliz da vida porque sabia que Natasha era uma garota de fibra (mamãe que usava esse termo "menina de ouro, de fibra") que, apesar de todas as dificuldades, conseguiu entrar numa faculdade de administração de empresas, havia descolado um estágio de meio período numa agência de publicidade, e, à noite, chegava em casa cansada, olhava para mim e sabia que eu ia tirar seus sapatos, massagear seus pés e cuidar dela como se fosse uma rainha. Isso incluía o jantar, a roupa de cama limpa, as rosas que eu espalhava pelo quarto e qualquer CD do Renato Russo pra gente sair da Vila Prudente e viajar de volta pra nossa adolescência perdida ao redor das fogueiras de Ubatuba.

Nossa vida era completamente diferente da vida dos nossos pais, só que não era bem assim.

13

Conheci Baronesa na mesma época que troquei a fisioterapia pela bar da Vera, que se localizava precisamente na
Major Sertório, perto da Santa Casa.

As outras travestis visivelmente respeitavam Baronesa,
e ela exercia sua autoridade e as mantinha à distância somente com os gestos e o olhar. Inegável a majestade. Ofe-
reci um Dreher. Baronesa me chamou a atenção para um
detalhe que, naquele instante, quase me resgatou do porre
onde eu devia estar afundado há pelo menos umas quatro
horas.

Além de nobre, feiticeira.

Enxergou dentro dos meus olhos, atrás das minhas
pálpebras caídas e tomadas pela gordura, as duas cores da
minha pupila. Foi assim que conheci Natasha. Elas fizeram
o mesmo comentário:

— Duas meninas brincam dentro dos seus olhos.

Clarinha e Natasha. Duas meninas.

Descontados o hálito mortiço e a barba malfeita, éramos eu e Luigi — que era lisinho — nos beijando no show
do Legião-cover pela primeira vez. Um beijo longo e sobrenatural, como se Luigi, através da Baronesa, consertasse a
angústia do beijo de Natasha. As duas meninas, Clarinha e

Natasha, mais Jéssica, Stefania e todo um cortejo de fantasmas indo de bar em bar e mandando pra baixo infinitas doses de Dreher até que chegamos num hotel vagabundo perto do Largo do Arouche.

— Os espelhos não aguentaram tanta sacanagem, meu bem. Todos quebrados.

O reflexo de vários espelhos quebrados somados a um porre de Dreher pode ser a porta aberta para outras percepções. Natasha só admitia dividir um pouco de Renato Russo com Jim Morrison. Me lembrei disso. Da nossa estranha geração. Uma Shangri-lá metida dentro de um biodigestor às avessas, onde entramos cheios de gás, sonhos e rock'n' roll e saímos uns merdas, vivendo de bicos e curtindo sertanejo-tecno-brega.

Atrás do espelho quebrado, Baronesa faturava minha bunda. Se o reflexo correspondia à Shangri-lá ou à realidade não me interessava naquele momento definitivo: o fato é que me entreguei de quatro, depois frango assado, depois foi a hora de cavalgar por uma estrada colorida, sobe e desce, eu entrava e saía da pica da Baronesa de todos os ângulos, sorrindo e fazendo caras e bocas pros espelhos quebrados até a hora que a catinga de merda subiu e empesteou o quarto vagabundo, então vi Natasha refletida dentro do espelho quebrado, e pensei: "se aquela filhadaputa estivesse aqui ia morrer de inveja". Aí rebolei com vontade na pica da Baronesa, igualzinho Natasha rebolava na minha pica, com a diferença de que Natasha é quem me cavalgava e eu era cavalgado pela Baronesa.

14

Victor era um garoto oportunista, milionário e filho da puta. O garoto era uma redundância próspera e preguiçosa. Ele não se empenhava nas matérias de exatas porque sabia que, no futuro, a física e a matemática seriam trocadas por algo mais prático e inteligente, ele sabia que o professor delivery era tão supérfluo e passageiro quanto as equações que ele era obrigado a aprender para passar na prova de recuperação. Típico filhinho de papai que tinha o futuro mais do que garantido. Pra que estudar?

A mãe dele era uma perua mais típica e oportunista que o filho. Além disso, uma sádica. Daquelas que tratam os empregados pelo nome, a perua simulava uma humildade que, na verdade, não passava de um jeito mais sórdido e filhodaputa de desprezar quem lhe servia. Toda vez, antes de reafirmar que na casa dela comiam arroz e feijão duas vezes por semana, a perua me perguntava: "qual seu nome mesmo?".

Eu pensava na Clarinha, e absorvia aquele teatrinho nojento com indiferença e até — confesso — uma dose de felicidade, e respondia: Luís Guilherme.

Madame tinha um secretário somente para acertar contas e "lidar" com os terceirizados que não eram de "casa", os pobres coitados que faziam serviços de manutenção, entregas e pequenos reparos, jardineiros, boys, eletricistas, professor particular de matemática, entre outros. Os cheques vinham pré-datados. Via de regra, eu tinha de esperar dez dias para descontá-los, às vezes quinze dias. Aquilo não podia ser outra coisa senão uma forma de reafirmar o sadismo e a arrogância. "Aqui em casa somos muito simples, comemos arroz e feijão duas vezes por semana"... os cheques pré-datados serviam para que o famigerado pedestal de madame ecoasse na mente dos pobres-fodidos durante dez, quinze dias de espera: "tratamos nossos servidores pelos nomes, qual é mesmo seu nome?".

Luís Guilherme, ao seu dispor. E ao dispor de madame Natasha. Que desencavou dois cheques da minha mochila, e cismou que eu andava prestando outros serviços à madame que comia arroz e feijão duas vezes por semana. Logo eu!

Sim, o primeiro cheque eu iria descontar no dia seguinte, e outro dali a uma semana. Natasha havia arrumado mais um pretexto para distorcer as coisas e me humilhar. Quebrou a casa inteira, e foi à caça de mamãe, que estava lá no canto dela, provavelmente rezando àquela hora. Ela praticamente arrastou mamãe para a discussão:

— Olha isso aqui, velha. O santinho do seu filho, o babaca que não presta nem pra me comer direito, o imprestável que a senhora pariu, agora ele esconde cheque na mochila.

(Não sei por quê, mas eu nunca comentei que madame me pagava com cheques pré-datados, não falei nada porque Natasha não dava bola pra "merreca" que eu ganhava. O que eu podia fazer se eu e os servidores de madame éramos os últimos habitantes do planeta Terra que recebiam cheques pré-datados?)

— Natz, meu Deus! Não é nada disso!

— Natz é o caralho na sua bunda, viado!

Mamãe chorava.

— Pega leve, respeita mamãe, por favor!

— "Respeita mamãe"? Ai, ai... "Pega leve"? Aí, velha, sabia que seu filhinho curte um fio terra? Comigo esse inútil só funciona plugado.

Mamãe chorava.

Natasha armou o circo mais improvável e sórdido do mundo. Ninguém, em pleno domínio da razão, teria coragem de chamar a baixaria promovida por Natasha de... pretexto.

Eu? Logo eu? Fazendo programas? A única coisa que fiz na vida foi dar aulas particulares de matemática. Sinceramente não entendia o motivo daquele teatro, por que tanta mentira, violência e baixaria? Por que atrair mamãe pruma cilada dessas? Natasha não parava:

— Quem diria! Faturando michê. E michê barato: 150 reais. É isso que você vale? Eu pago quinhentão pra você me dar um trato, seu filhodeumaputa.

Quando ela rasgou o segundo cheque, avancei.

15

Não, não foi um soco. Mas um tapa de mão aberta que perdeu a força no percurso, era como se alguma coisa segurasse meu braço e me impedisse de ir adiante.

Um tapa que, no último minuto, foi interrompido... porque eu sempre fui um covarde. Encostei a mão na cara de Natasha como se a afagasse e pedisse desculpas.

Ela sabia que chamar aquilo de "soco" não era apenas mais uma humilhação na extensa lista de humilhações que me reservava. O soco não dado punha definitivamente em xeque nosso casamento e trazia à tona todas as minhas limitações e meus fracassos. Como se Natasha tivesse me encurralado num cativeiro e me fizesse refém das minhas impotências. A maior impotência de todas era o amor que sentia por ela. Mais uma brochada do professorzinho delivery.

Um troféu para Natasha.

Mamãe chorava. Eu chorava, e Natasha tripudiava:

— Não presta nem pra bater. Você é um frouxo. Um bosta. Eu esperava essa porrada há séculos, e você não serviu nem pra isso! Nem um roxinho! Como é que eu vou fazer uma queixa pra dona Maria da Penha? (Olhava-se no espelho da mesa de anteparo, e de costas falava pra mamãe:) Aí, velha, o marceneiro sabia pelo menos acertar umas porradas em você?

16

— Vou dar uma volta. Amanhã Clarinha tem dentista, não esquece!

17

Nossas vidas não eram nem sequer uma sombra da vida de merda de nossos pais. Claro que a mãe de Natasha também apanhava do pai que morreu porque reagiu a um assalto... evidentemente que todos, vivos e mortos, só pensavam em sacaneá-la, e é lógico que eu não conseguiria levar Clarinha na dentista... e se eu não tomasse uma atitude, se não reagisse, meu fim seria igual ou pior do que o fim que Natasha reservou a Luigi; bem, foi mais ou menos isso que aconteceu.

* * *

O bar da Major Sertório era o QG da Baronesa. De lá, ela distribuía as meninas pros clientes, recebia as novatas e administrava o negócio. Eu estava fascinado pela Baronesa. Ela também era clarividente, e dizia coisas do tipo:

"O vendedor de churros e o português da padaria também vão ser travestis. E o aparelho reprodutivo de ambos, homem e mulher, existirá num outro ambiente."

"Reparou que eu falo 'ambos', amor?"

"Laerte Coutinho será o Leonardo da Vinci do século 26."

O bom humor da Baronesa cativava a todos. Viramos confidentes. Até dei uma desinchada nessa fase, ela — do jeito dela — cuidava de mim. Baronesa empenhava-se na leitura de Madame Blavatsky, e escrevia um *Kama Sutra* especialmente para travestis. Eu dava umas dicas de leitura e chupava ela com gosto.

"As mulheres pintudas preservarão a espécie. Existe uma lei universal e imutável, memória genética. Já ouviu falar de Deus?"

"Deus? Ouvi sim, vagamente" — ele usa All Star vermelho, pensei.

"Ouviste falar em hologramas?"

Já tinha ouvido falar em Deus, e visto os tais hologramas num show da Sula Miranda que homenageava o falecido Wando, coisa mais brega.

A convivência com Baronesa havia me resgatado um humor que Natasha não suportava em mim.

Na verdade, sempre achei que faltava um pouco de humor em Renato Russo, mas jamais me atreveria a falar isso pra Natz, que o adorava (ou fingia que adorava). Então me ocorreu um pensamento inusitado: será que eu gostava do Legião por causa da Natasha? E era assim com tudo: gostava dos gostos dela, e me anulava pros meu gostos, e pro resto da vida. Como se até minha passividade tivesse um dono, Natasha.

* * *

Um pastor famoso que vestia chapéus de caubói e óculos escuros aparecia de vez em quando para se "consultar" com Baronesa, ela me contava todos os detalhes:

"Eles continuarão ungidos e possessos, mas serão dependentes das mulheres pintudas para se reproduzir loucamente. Vai ser um pega pra capar, amiga."

Foi a primeira vez que ela me chamou de "amiga". Na hora esse detalhe (que não era apenas um detalhe) passou despercebido. Baronesa continuou:

"Só existe gay e evangélico no mundo. Umas vão comer as outras, amiga!"

O engraçado é que as coincidências iam além: era quase a mesma afinidade que tivemos na época de adolescentes, eu e Natasha. Baronesa completava meu raciocínio, e vice-versa:

— Tudo uma questão de tecnologia, Baronesa.

Como se a mulher melhorasse o homem, a partir do pau do próprio homem que iria brotar da vagina da mulher. A partir do pau da Baronesa eu havia encontrado Natasha melhorada no futuro. Onde eu seria a mulher da vida dela.

Tudo isso e mais outras alucinações, em plena luz do dia, e acordado. Todavia Baronesa era real, e começava a cobrar a parte dela naquilo que os médicos chamam *delirium tremens*:

"Porque do cu desses novos seres brotarão as vaginas do futuro! A buceta vai descer pro cu. Vai ser uma coisa só. Pra se projetar no futuro bastará ter os dois sexos enfiados no rabo, e muito KY!"

18

Eu passava dois, três dias na rua. Quando chegava em casa, encontrava mamãe chorando e Clarinha invariavelmente na frente da televisão. Três mundos se sobrepunham e tomavam conta da minha breve abstinência. Eu não sabia se estava na rua ou em casa. No primeiro mundo, via Clarinha na frente da tevê. No segundo ouvia mamãe chorando. No terceiro mundo sofria pela falta de Natasha e não parava de pensar na Baronesa, tinha sede. Tive ódio, acho que, pela primeira vez na vida, odiei de verdade. E esse ódio veio de encontro ou veio realizar a maldição de Natasha: "Reaja, faça alguma coisa, inútil".

Toquei fogo no cartaz do Renato Russo e quase incendeio o sobrado. Mamãe chorava. Clarinha chorava. Eu chorava e Natasha não aparecia, depois apareceu.

Antes de mandar Renato Russo de volta pro inferno dos anos 80, tive a sorte de encontrar uma garrafa de vodca esquecida no freezer. Como podia? Uma garrafa de vodca esquecida no freezer! Na minha casa? Clarinha estava na frente da televisão, e eu no sofá.

Uma vez me ocorreu culpar a menina. Nos últimos meses, essa ideia havia voltado várias vezes, e depois desaparecia. Na última conversa que tive com Baronesa — sem que eu falasse nada de Clarinha — ela, Baronesa, me disse que odiava crianças. Eu olhava pra Clarinha vidrada na frente da tevê, e o que era insight virou remoer, uma duplicação da voz de Natasha que dizia "Reaja, inútil! Reaja!".

Deve ser uma capacidade que os bêbados adquirem para se defender do isolamento e da desconfiança alheia, óbvio que isso varia de caso a caso. A velha história do bêbado que fica valente, do outro que se transforma num sentimental etc., mas eu acho que repetir a mesma ladainha para si mesmo, remoer e misturar mágoas, lembranças e realidade, atribuir o fracasso à realidade, misturar as coisas e, por fim, aniquilá-las no próximo trago, é algo comum a todos.

Bebi a garrafa de vodca. Continuava com sede. E a voz de Natasha turbinada por um pensamento maligno e diabólico crescia em mim, me atormentava, aumentava minha angústia:

Como se Clarinha justificasse toda mentira, e não fosse resultado dessa mentira. Como se ela não fosse filha do nosso amor equivocado, mas amor, como se Clarinha fosse filha somente de Natasha, filha da adúltera, filha da puta.

Aí eu me lembrei de Natasha mais uma vez, a remoí até transportar Clarinha pros fins de semana na casa da tia Fê. Eu vi, juro que vi a gerente de vendas bolinando Clarinha. Do fundo da minha bebedeira, pensei, "tem que se fuder, bem feito". Isso vai servir pra lembrar de todas as humilhações e sacanagens que fez comigo, ela não queria apanhar de verdade? Tem surra melhor do que ver a amante bolinando a própria filha? Filha da puta, ela vai se arrepender amargamente de ter me trocado por uma sapatão que mora nos Jardins.

Em determinado momento, achei que não estava delirando, mas desejava mesmo que Clarinha fosse estuprada pela amante de Natasha. Um desejo ardente de estupro e vingança que brotou do fundo de um coração que — até hoje — não a perdoava por ter me abandonado, sentia uma falta insuportável e a amava incondicionalmente. Só assim, depois dessa desgraça, eu imaginava, ela me procuraria como se nós não tivéssemos nos perdido no show do Legião--cover há dez anos. Tá lembrada, Natasha? Eu nunca esqueci. Nunca esqueci daquele dia que você me fez jurar que a gente ia ficar junto para sempre. Quando você me implorou para que eu não a deixasse, lembra? Eu não fiz outra coisa senão atender ao seu pedido — a cada segundo, dentro de todos os meus fracassos e socos não dados, a única coisa que fiz foi renovar minha promessa: você sempre esteve comigo, meu amor. Só fiz esperá-la. E sei que, um dia, você voltará. Arruinada. Mais fodida e arrombada que eu. Nesse dia, serei o cara mais feliz do mundo, e é claro que guardarei comigo, no meu íntimo, a certeza de que a lésbica que você chama de meu amor foi seduzida por "sua filha" Clarinha, a menina que é igual a você.

19

O juiz disse que eu tratava minha própria mãe como se fosse um trombadinha, lembro vagamente de confundir mamãe com a Jéssica — isso é verdade. Não entendi direito o que havia se passado. Sei que tia Zeli mudou pro sobrado porque mamãe estava muito doente. Eu não conseguia estabelecer diálogo com tia Zeli, e com mais ninguém. Eu achava que tia Zeli era um travesti do mal que estava mancomunada com a Jéssica e que as duas roubavam minha casa. Então roubava de volta; disseram que vendi eletrodomésticos, roupas, os brinquedos de Clarinha (que se mudou pra casa da tia Fê), disseram, não lembro, que bati nas velhas e que vendi tudo pra comprar pedra. Da zoação das pedras eu lembro porque o "estar zoado" era meu estado natural, isto é, lembro que não lembro de nada. Foi o ápice. Eles (quem são ou quem eram "eles" não sei... mas vá lá) me internaram durante algum tempo numa clínica de reabilitação, acho que fui para Atibaia. Passei semanas entupido de tranquilizantes, completamente apático e zoado.

Depois de um bom tempo (meses, um ano?), tia Zeli apareceu na clínica pra me dizer que mamãe havia morrido. Um pouco antes de morrer vendeu a casa e o sobrado para pagar meu tratamento e a pensão da Clarinha. Impressionante que Natasha tivesse cobrado pensão de mamãe, mesmo sabendo que eu estava internado, impressionante que mamãe se deixou explorar por Natasha até o final da vida. Enfim. Eu não tinha mais nada. Somente tia Zeli, que me levou de volta pra Vila Prudente.

20

Natasha passava o baseado para mim, ela me olhava com uma quase indiferença que eu pensava que era flerte de roda de violão: "Você culpa seus pais por tudo/ São crianças como você/ O que você vai ser/ Quando você crescer". Mas, no fundo, ela — para variar — me humilhava e, desde aquela época, nunca deixou de ser implacável comigo: sabia que seríamos muito piores que nossos pais quando crescêssemos. Sempre achei esses versos esquisitos. Não combinavam comigo, mas Natasha me conduzia e eu acabava acreditando que realmente nossos pais não nos entendiam quando, na verdade e como a letra sugeria, nós é que não os entendíamos. Mamãe era o contrário da letra. Ela sempre foi passiva como eu. Sempre me ajudou. Sempre apanhou do marceneiro e me amou. E eu destruí o ontem e o amanhã dela. Não há mais presente. Não há mais mamãe. A casa que morei a vida inteira foi vendida para pagar meu tratamento. Não há mais Natasha. Minha filha jamais teria uma chance de cuidar de mim. Não há mais Clarinha. Dos "Pais e filhos" do Renato Russo não sobrou nem o azul do céu, apenas a grande fúria do mundo.

E tia Zeli, coitada, chamou a polícia quando quebrei a casa dela. Nunca mais voltei a Vila Prudente. Havia Baronesa.

Mas eu não tinha dinheiro nem para uma dose de conhaque. Tava acabado, inchado, em dois anos envelheci vinte séculos. Arrastava meu corpo pelas ruas do Centrão, e especialmente arrastava a perna esquerda, que apodreceu de trombose e teve que ser amputada. Não dei muita importância — era uma parte a menos para me lembrar de Natasha, uma parte a menos p'reu arrastar nas sarjetas do Centrão. Naquela semana, pelo menos, tive o Hospital das Clínicas para chamar de minha casa. Baronesa. Havia Baronesa.

* * *

E o negócio da Baronete havia prosperado. A "equipe" aumentou. Baronesa gerenciava umas dez meninas e cuidava de três anjinhos. Meninos de 12, 13 anos importados de Mato Grosso (ou seria Goiás?) para clientes especiais de finíssimo trato. Ah, eles eram lindos. A joia da coroa. Minha criação de meninas, ela dizia, como se fosse dona de um haras. E com você, aleijado, o que eu faço?

Me dá um conhaque, eu pago um boquete. Faça o que quiser, Baronesa. Ela dispensou o boquete, e impôs algumas condições para deixar eu dormir no banheirinho da boate-hotel que mantinha perto do Largo do Paissandu. Você é bom de conta, não é? Eu nem me lembrava disso, mas sim, num passado não muito remoto fui professor de matemática delivery, e uma parte do meu cérebro — talvez — ainda preservasse alguma dignidade diante da corrosão de todo o resto. Quem sabia?

Nada de pedra, aleijado. E ela também ia regular a birita. No começo sofri terrivelmente, fiz algumas cagadas previsíveis aqui e ali, mas consegui segurar a onda. Organizei a contabilidade. Parecia até uma ironia, eu, naquele estado, organizar qualquer coisa. Mas dei conta do recado, sim. Controlava entrada e saída, lucro e despesas e até fiz uma escala de propinas. Baronesa gastava demais com segurança, os policiais a achacavam acintosamente. Então o professor delivery ressuscitado explicou:

— Isso, isso e aquele outro, Baronete. Não sei como você não perdeu o controle da situação.

— Vindo de você, aleijado, acho que vou dar um crédito.

Um crédito e, depois de um longo inverno, também, graças a Deus, a rola p'reu chupar. A uretra dela era diferente da uretra das outras travestis. Uma verdadeira buceta na vertical, e sorria para mim, gozava quente e grosso. Que saudades!

Em pouco tempo pus as contas dela em ordem. Baronesa, sempre generosa, providenciou minha mudança. Do banheiro prum quartinho anexo ao *dark room* da boate. Não foi só à contabilidade que eu trouxe mais agilidade, racionalidade e eficácia. Sugeri à Baronesa o "Buraco de Ninguém" — um lugar onde as travestis e os malucos enfiavam a piroca de um lado e recebiam um boquete do outro mediante pagamento. O melhor é que eu nem precisava fazer muito esforço, era só ajoelhar na cama do meu quartinho e rezar; além de me esbaldar, faturava uns bons trocados. Baronesa deu uma aliviada na patrulha. Organizei saraus literopornográficos no puteiro da Baronesa, que virou um lugar *cult*. As coisas iam de "evento em popa". Conseguimos até Lei Rouanet! Também começou a entrar muito dinheiro das meninas que atuavam como aviãozinhos — tudo sob minha supervisão.

21

O corpo do negro alto, de terno, chapéu de caubói e óculos escuros, fervia, transpirava um cansaço bíblico e glorificado, como se tivesse encharcado de luz e suor:

— Cadê Baronesa, aleijado? Faz duas horas que ligo pra ela, e só dá caixa postal.

— Foi atender um cliente em Higienópolis, mestre.

— Porra! Que merda! Me serve um copo d'água, aleijado.

Um homem suado tomando um copão d'água num gole só.

— Enche outro copo, tô com sede.

Virou o outro copo e estalou os beiços. Eu e as meninas éramos fãs dele, e ele nem sabia. Só dava atenção para Baronesa. A televisão ficava ligada no meu quartinho, quase sempre eu acompanhava a pregação dele e ao mesmo tempo chupava as pirocas do *dark room*. Teve um dia que o Pastor Caubói interpretou aquela famosa passagem da Bíblia. Todos conhecem. O diabo oferece o mundo para o filho de Deus. Desde os meus tempos de colégio na Vila Prudente, antes mesmo de travar contato com Belzebu na pele de Natasha, eu pensava que dominava essa passagem de cor e salteado. Nada! Segundo o pastor, o diabo distorceu as palavras do livro sagrado para provocar Jesus, pobre Jesus Cristo isolado no deserto há quarenta dias e quarenta noites. Só mesmo o Pastor Caubói para me chamar a atenção prum detalhe que não era apenas um detalhe...

— Sou seu fã, pastor! Não quer sentar? Sente-se, por favor. Relaxe. Baronesa não deve demorar.

Ele aceitou.

Todo o esplendor e as glórias do mundo oferecidas ao Filho de Deus, tá lá no livro do Gênesis. Acontece que esse trecho foi malandramente suprimido pelo diabo em sua nova investida. Novo Testamento, o mesmo diabo de sempre. Ele mesmo: o editor, pai do jornalismo marrom.

— Por que não tira as botas, mestre?

— Boa ideia! Tira pra mim!

O filho de Deus recusou a proposta do diabo simplesmente porque estava ao lado do Pai na Gênese, na hora da Criação.

— Ah, você é um bom menino, aleijado.

— Quer um uísquinho, mestre?

Não ia ser por conta de um jejum de quarenta dias e quarenta noites no deserto que Jesus Cristo cairia na armadilha do adversário. Foi o Pastor Chapeludo quem fez essa leitura, uma interpretação que me ganhou e ganhou todas as meninas da boate. Depois disso, nunca mais tive aquela sensação horrorosa de que atrapalhava os milagres de Deus, depois das palavras iluminadas do Pastor Caubói, passamos, eu e as meninas, a fazer parte dos milagres!

Os pés do apóstolo eram um milagre também.

— Faz um agrado aí, aleijado.

Eu havia percorrido um longo calvário, desde as fogueiras de Ubatuba, passando por todos os despejos até alcançar a sarjeta e chegar a um ponto em que não me permitia sequer ser enganado pelo diabo. Eu que acreditei em

Natasha e achei que o "amor gratuito" não pedia nada em troca senão gratidão, logo eu que, depois de ter sido expulso da minha própria solidão, descobri que nem a solidão é tão pungente assim se você não conseguir se livrar de si mesmo. Havia, enfim, me transformado numa bicha prática e desiludida. O máximo que conseguia, depois dos porres de Dreher, era dar uma ressuscitada no dia seguinte. O que era uma ressuscitadinha diante do vazio que me engolia? Quase nada. Portanto, àquela altura do campeonato, o que eu poderia pedir a Deus senão o engano, a fraude, o estelionato e o dedão do pé gigante do Pastor Caubói?

Chupei o dedão. E bebi todo o suor daquele corpo negro e iluminado.

A partir desse dia os vínculos (todos eles) e os negócios com a Igreja se estreitaram. Os missionários tomaram conta da região e passaram a ser nossos maiores clientes e fornecedores. Consumiam o sexo mais caro e refinado do "haras" da Baronete, cheiravam muito e enviavam os clientes pras nossas meninas batizarem, e nós vice-versa, troca--troca, enviávamos nossos clientes para a igreja deles. Nunca cheirei tanto. Nunca chupei tanta piroca. Além dos paus anônimos do *dark room*, devo ter chupado os paus de todos os pastores, travestis e rappers do Largo do Paissandu. Minha vida havia entrado no eixo. Para coroar a nova fase só faltava conhecer Jesus na igreja que ficava defronte ao centro cultural da Baronete. O convite irrecusável partiu do nosso novo sócio, agora autodenominado Apóstolo Josino Amado.

22

CENTRO DE REABILITAÇÃO
E CURA DE GAYS E TRAVESTIS
DA IGREJA COUNTRY DA GRAÇA ETERNA DE DEUS

Testemunho

Glória a Deus, Nosso Senhor Jesus Cristo! Aleluia, irmãos!

Meu nome é Luís Guilherme dos Santos. Sou professor de matemática delivery em recuperação, e vim aqui diante do altar sagrado dar meu depoimento. Tenho certeza de que, com a graça de Nosso Senhor Jesus Cristo, essas palavras tocarão o coração de vocês. Glória! Glória a Nosso Senhor!

Vou falar de vultos. Da minha vida que foi um vulto até conhecer a palavra do Senhor Jesus, o único caminho: "a verdade e a vida" (João 14:6)

Vivi nas ruas de São Paulo e conheci a fome e a miséria. Os vultos entravam e saíam das lojas, dos bares, dos bancos e restaurantes, enquanto eu sorria admirado para eles, e morria; cheguei a pensar que era cinema, depois achei que era uma bênção, eu acreditava que tinha uma chance. Que a miséria era minha maior virtude, mas eu estava enganado: aquilo que eu julgava minha virtude, irmãos, não alterava em nada minha triste condição de refém de Satanás: tentei me matar e não consegui, tentei sobreviver a um dia depois do outro e também não consegui.

As almas costumam ter autonomia de voo, não é isso o que todas as religiões dizem?

Pretendia me matar todo dia até o dia em que morreria sem precisar fazer o mínimo esforço. Um favor que faria aos céus, eu pensava. Eu sentia que a qualquer hora *minh'alma* iria se desgrudar de mim e procuraria outro orifício para assentar praça. Um lugar mais digno, menos humilhado, e menos humilhante.

Como se a carne não conseguisse mais enganar o espírito. Depois de Natasha, o nome dela é Belzebu mas também atendia por Natasha, depois dela, ambos, carne e espírito, estavam exaustos e respectivamente de saco cheio — me perdoem o vocabulário — um do outro. Morrer, naqueles dias, era uma redundância. Porque eu vivia o "amor" um dia depois do outro, fizesse chuva ou fizesse sol.

Sou graduado em matemática pela Universidade de São Paulo. Li muito. Devido ao meu gosto pela leitura pagã, pensei em fazer o curso de letras, mas a vida me atropelou (às vezes Deus escreve certo por linhas tortas, amém!), e eu atropelei as pessoas que mais amava. E hoje, aqui, diante desse altar sagrado e diante de Nosso Senhor Jesus Cristo, renego tudo o que li, menos os livros do doutor Shinyashiki. Aleluia! Aleluia!

Eu era um egoísta que chamava Belzebu de meu amor. Portador de um egoísmo doentio que se julgava — vejam só — altruísta. Sofrer por Natasha, eu pensava, era um dom, e com esse dom eu iria curar o mundo. Passei a sofrer para salvar a humanidade, mas tudo era uma ilusão que brotava do meu pior egoísmo, irmãos! Eu pensava que me entregava ao amor, mas me entreguei a Belzebu, o senhor do lixo e da luxúria. Vou insistir, não reparem se eu for repetitivo, mas tenho que frisar, sublinhar e declarar em letras garrafais: EU ESTAVA DOENTE, MUITO DOENTE.

E não via as coisas com a simplicidade de hoje. Não vou dizer que estou curado. Orai e vigiai. Cada dia é o primeiro dia. Não é assim? Mas vocês podem acreditar que este depoimento é sincero e verdadeiro, em nome de Nosso Senhor Jesus Cristo, amém!

Fazia quase vinte anos que eu existia em função de uma única mulher. O nome dela é Belzebu. Ou Natasha, se vocês preferirem. Desde a primeira sílaba até hoje. Tudo o que fiz de certo e de errado foi para ela me ouvir. Tivemos uma filha, Maria Clara. Clarinha. Há anos perdi o contato. Para minha filha eu devo estar morto. Mas ela vive em mim. O resto é a vida, a vida que me arrastou até aqui, vivida aos trancos e barrancos, a vida como pretexto para chegar a essa mulher-belzebu. Ela virou um hino que virou um chamado para os pecados mais hediondos que aniquilaram meus dias e me viraram do avesso. Um conselho? Bem, meu problema certamente foi de comunicação. Eu devia ter procurado Jesus no lugar do amor de uma mulher. Pensem nisso, meus irmãos, antes de entregar a vida a Belzebu, o Rei do Lixo!

Deus fez o homem e a mulher. Não existe outra opção. Fora disso é a danação eterna. As mulheres, meus irmãos, que vocês pensam que vivem nos seus corpos, na verdade os desprezam. Vocês foram vítimas de feitiço, magia negra! Cuidado! Não terminem seus dias sozinhos falando de amor a quem apenas quer a destruição de vocês. Só existe o amor de Deus! Amém, irmãos? Amém! Glória! Glória! Aleluia!

Roubei, menti, destruí a vida das pessoas que eu mais amava. Me prostituí, usei álcool, maconha, crack e todas as drogas que vocês podem imaginar, enganei aos outros e a mim mesmo. Participei de orgias e rituais satânicos tocando violão ao redor de fogueiras pagãs. Os mais idosos, aqui, já devem ter ouvido falar de uma banda chamada Legião Urbana. E todos devem saber que, indagado sobre o seu nome, o diabo disse: "Meu nome é Legião". Quem viveu os anos 80 e os 90-cover sabe do que estou falando. Pois foram as letras dessa banda e de seu líder satânico que me abriram as portas para o homossexualismo. Belzebu fez eu pichar as paredes da minha casa com letras que falavam de magia e meditação transcendental. Belzebu me enfeitiçou e jogou-me nos braços de homens concupiscentes e pecadores. Eu era humilhado noite e dia pela volúpia e pelo sexo invertido que era obrigado a praticar com todas as potestades e falanges dos anjos caídos de Satanás. Até com homens-macacos, cães da sarjeta e lésbicas fiz sexo. Mas o pior, irmãos, ainda estava por vir. Isso foi só o começo!

Depois de Belzebu me trocar por uma lesbiana, depois de eu ter incendiado minha casa e de ter acabado com a vida de minha mãe, estuprei minha própria filha! Ela tinha apenas 7 anos de idade. Minha filhinha que eu tanto amava, violentei-a com o vapor de um ódio que soprou diretamente das profundezas do inferno!!! Até há pouco tempo eu me negava a reconhecer esse crime, o mais abjeto, mais abjeto do que ter me prostituído, ter me drogado, ter desgraçado a vida dos meus familiares, ter mentido, blasfemado e me deitado com homens-travestis. Mas agora, agora que tenho Jesus ao meu lado, digo de peito aberto, e repito: ESTUPREI MINHA FILHINHA!!! Glória a Deus! Aleluia! Aleluia!

Depois disso, voltei à sarjeta de onde nunca saí até conhecer a palavra do Senhor! E me entreguei às piores atrocidades. Nesse momento, irmãos, eu não era mais um ser humano, mas um vulto que se arrastava entre vultos.

Quando havia perdido tudo para as forças do mal e me encontrava desesperado, quase morto, essa pessoa que está sentada aqui à minha frente, Valdecir Ferreira da Silva, enviada por Deus, me estendeu a mão. Foi Baronesa, digo, irmão Valdecir, quem me apresentou a essa igreja e ao pastor Adolar Gangorra que, no passado, atendia por Vanderleia, lembra, pastor? Hoje pastor Adolar é um homem de Deus! Um homem casado que tem uma família exemplar e que nunca mais ouviu Legião Urbana! Glória de Deus, Glória a Deus! Que Deus o abençoe, pastor!

Hoje sou um homem em recuperação. Em permanente alerta. Resistindo à tentação diuturnamente, orai e vigiai, irmãos, porque Belzebu não descansa jamais, toda vez que ele atentar e quiser subverter a ordem natural das coisas, lembrem-se de Levítico 18:22, lembrem-se de que estarão cometendo uma abominação perante Deus se voltarem a dormir com homens, a Bíblia não deixa dúvidas: "Não te deitarás com um homem, como se fosse uma mulher: isso é uma abominação".

Abominação! Tudo o que não é natural não é de Deus! Estará cometendo abominação se dormir com homens e se rimar camelo com tinta no cabelo! Orai e vigiai o tempo todo... Levantou a mão, irmão? Gostaria de dar um testemunho? Quer falar alguma coisa, irmão Valdecir?

— Só pra lembrar que, no começo, vocês que são vítimas de feitiço gay, precisam vir pelo menos quatro vezes por semana à igreja. E pagar os 10% do dízimo também é fundamental. O irmão Luís Guilherme abriu uma conta especialmente para esse ministério. Se quiserem, vocês podem pagar no boleto ou no cartão de crédito. É devolver para Deus a graça de vocês terem ido para o caminho certo. Amém, irmãos?

Amém! Aleluia! It's raining men! Hallelujah!

23

Antes de ter trocado a fisioterapia pelo conhaque, lembro de ter assistido a um documentário na sala de espera do hospital. Se não me engano, era o depoimento de um astrônomo. Um maluco descabelado que usava longas costeletas grisalhas e falava em cosmogonia. Adoro essa palavra: "cosmogonia"; bem, lá pelas tantas, me dei conta de que nos metemos com problemas que nada tem a ver com o céu ou com as estrelas, o astrônomo parecia um corretor de plano de saúde vendendo o universo pra audiência desqualificada do canal a cabo. Por isso, talvez, o constrangimento de olhar para o céu. Como se não tivéssemos relação alguma com as coisas lá de cima. Qualquer hipótese de olhar prum céu forrado de estrelas está fora de cogitação aqui em São Paulo. O céu do astrônomo do History Channel, projetado nas minhas lembranças, era feito de cimento e concreto armado.

* * *

"É sempre mais difícil ancorar um navio no espaço." Um poema da Ana Cristina Cesar que apresentei a Natasha e que ela, viajada de maconha, não deu muita atenção, mas que sempre me serviu como uma espécie de passaporte para o céu. Se não me engano, o título desse poema é "Recuperação da adolescência". Eu havia perdido... ou nunca tive Natasha desde que a conheci:

— Quem têm navios ancorados no espaço — tentava lhe dizer — tem a liberdade de contemplar qualquer céu nublado e imaginar estrelas atrás da escuridão.

Ela dava de ombros, e debochava: "Além de tudo, o professorzinho gosta de poesia".

Não bastasse a poesia que eu tanto amava, Natasha também ridicularizava — com muita ferocidade — a crença que mamãe tinha na Virgem Maria. A crença que herdei junto com o sobrado que deu amparo para Natasha no pior momento de sua vida. Perdi o sobrado, perdi mamãe, nunca mais tive notícias de Clarinha. Mas lembro que fui muito feliz nessa época — a Vila Prudente dos meus 15 anos continua intocada e forrada de estrelas.

Quando penso no manto da Virgem Maria me sinto menos comprometido — e livre, descompromissado da razão — para dizer que o que vejo é a mesma coisa que sinto, como se a lembrança de um céu sobre outro servisse de manto sobre meu corpo cansado de cinza, saudades e humilhação.

EPÍLOGO

As costeletas grisalhas do astrônomo maluco, mais o deboche de Natasha, mais a crença na Virgem dividida com mamãe desde sempre, tudo isso somado ao fato de ter recém-saído daquela sessão de "cura gay" teve o efeito de um gancho. Fui içado. Como se eu tivesse sido fisgado pelo céu escuro, como se o resultado de meia dúzia de desacertos me obrigasse a olhar para o alto. Foi o que fiz.

Curiosamente me lembrei de outros céus. Primeiro, me lembrei do céu da Vila Prudente. Também me lembrei do céu de Ubatuba em janeiro de 1998, quando conheci Natasha. Lembrar ou guardar a lembrança de um céu estrelado sobre outros céus é milagre demais para qualquer um, não importa se você é mendigo, santo, um filho da puta ou um professor de matemática delivery. Acho que a palavra epifania serve para explicar essas coisas. Van Gogh pintou a lembrança de um céu esburacado sobre os cafés de Arles. Isso é algo que beira a revelação, sei lá, remete às profecias de Nostradamus ou à passagem mais psicodélica do livro do Apocalipse, qualquer coisa menos a pantomima que eram aqueles testemunhos que eu, toda semana, me obrigava a repetir na Igreja do Apóstolo Caubói.

O céu que eu vi ou o céu que me viu depois do testemunho era igualzinho a Renato Russo no YouTube. O Renato original. O maluco que dançava feito um epilético no palco do SESC Pompeia em novembro de 1983. No dia desse show — pelos meus cálculos —, Natasha era parida do ventre de Belzebu. O Rei do Lixo e da confusão. Que nesse instante mistura ainda mais as coisas na minha cabeça, e me incita a olhar fundo para o céu. Quem mais, além do Rei do Lixo, poderia ter arrancado Pretinha do breu? Nossa Senhora?

Tomo como presente.

Queria falar um pouco mais da Pretinha e do céu dos meus 15 anos. Só que, hoje, não sei o que é uma coisa, o céu, e o que são as outras, minhas lembranças e o breu, tenho apenas uma vaga impressão de tempo e lugar. Tudo é a mesma coisa e se mistura.

Vila Prudente. Minha adolescência. Era natal. Lembro (?) que queria me ver livre do cacarejar da tia Zeli e dos primos, então saí à francesa e chamei Pretinha pra ir comigo. Lembro (?) que ela se embrenhou num terreno baldio, e voltou de lá com um focinho descarnado que pendia de suas mandíbulas. Dali a pouco chegamos na casa do quarteirão de baixo, e o filho da puta do Gordo, que era o cachorro de estimação da tia Zeli, tomou o osso da Pretinha. Uma caveira de focinho de porco. Depois me lembro de um céu estrelado. Olhava pro céu e era breu.

Gordo debulha o focinho de porco e rosna pra mim, Pretinha some no meio das lembranças como se tivesse sido debulhada junto com o focinho de porco. Ou seja, aquilo que de fato aconteceu se mistura com aquilo que eu não gostaria que tivesse acontecido. Lixo. Cadáveres. Cães, ossos, um céu de estrelas. Os cães no lugar do céu. O breu no lugar das estrelas. Tinha tudo, não tenho mais nada. Nesse momento, Natasha se impõe com uma nitidez sobrenatural: linda, quase minha filha, parece que irrompe no meio dessa barafunda somente para reafirmar que perdi tudo. Ela é Belzebu.

Eu penso que Ana Cristina Cesar, a poeta que Natasha "dava um pega" como se fosse a ponta de um baseado, realizou uma poesia quando se atirou da janela do oitavo andar, também penso que "é sempre mais difícil ancorar um navio no espaço". Muito mais difícil. Poucos conseguem. Muitos perdem a vida. Eu continuo olhando para o breu, e, às vezes, quase consigo acreditar que existe um céu de estrelas atrás da escuridão.

SOBRE O AUTOR

Marcelo Mirisola nasceu em São Paulo, em 1966. Publicou os livros *Fátima fez os pés para mostrar na choperia* (contos, 1998), pela Estação Liberdade; *O herói devolvido* (contos, 2000), *O azul do filho morto* (romance, 2002), *Bangalô* (romance, 2003), *Notas da arrebentação* (2005), *Memórias da sauna finlandesa* (contos, 2009) e *Hosana na sarjeta* (romance, 2014), pela Editora 34; *O banquete* (com Caco Galhardo, 2005), pela Barracuda; *Joana a contragosto* (romance, 2005), *O homem da quitinete de marfim* (crônicas, 2007) e *Animais em extinção* (romance, 2008), pela Record; *Proibidão* (2008), pela Demônio Negro; *Charque* (romance, 2011) e *Teco, o garoto que não fazia aniversário* (com Furio Lonza), pela Barcarolla; *O Cristo empalado* (2013) e *Paisagem sem reboco* (2015), pela Oito e Meio.

Este livro foi composto em Minion
pela Bracher & Malta, com CTP da
New Print e impressão da Graphium
em papel Pólen Soft 80 g/m^2 da Cia.
Suzano de Papel e Celulose para a
Editora 34, em maio de 2016.